PASSARINHOS DO BRASIL

POEMAS QUE VOAM

Editora Peirópolis

DEDICADO ÀS 1.832*
ESPÉCIES DE AVES DO BRASIL.

* DE ACORDO COM O CBRO
(COMITÊ BRASILEIRO
DE REGISTRO ORNITOLÓGICO),
JANEIRO DE 2011.

Copyright © 2013 texto Lalau
Copyright © 2013 ilustração Laurabeatriz

Editora
Renata Farhat Borges

Editora assistente
Lilian Scutti

Assistente editorial
César Eduardo de Carvalho

Projeto gráfico e capa
Thereza Almeida

Revisão
Jonathan Busato

Editado conforme o Acordo Ortográfico
da Língua Portuguesa de 1990.

1ª edição, 2013 – 4ª reimpressão, 2023

Dados Internacionais de Catalogação na Publicação (CIP)
Angélica Ilacqua CRB-8/7057

Lalau
Passarinhos do Brasil: poemas que voam / Lalau;
ilustrado por Laurabeatriz. - São Paulo: Peirópolis, 2013.
Il.; color.

Bibliografia
ISBN 978-85-7596-311-1

1. Literatura infantojuvenil brasileira 2. Poesias 3.
Pássaros brasileiros I. Título II. Laurabeatriz, 1959-

13-0223   CDD 808.899282

Índices para catálogo sistemático:
1. Literatura infantojuvenil brasileira

Editora Peirópolis Ltda.
Rua Girassol, 310f – Vila Madalena
05433-000 – São Paulo – SP
tel.: (11) 3816-0699
vendas@editorapeiropolis.com.br
www.editorapeiropolis.com.br

MISTO
Papel produzido a partir
de fontes responsáveis
FSC® C169512

Missão

Contribuir para a construção de um
mundo mais solidário, justo e harmônico,
publicando literatura que ofereça novas
perspectivas para a compreensão do ser
humano e do seu papel no planeta.

A gente publica o que gosta de ler:
livros que transformam.

SUMÁRIO

PAMPA, 6
PANTANAL, 12
MATA ATLÂNTICA, 18
CERRADO, 24
CAATINGA, 30
AMAZÔNIA, 36

BIOGRAFIA, 42
BIOMAS DO BRASIL, 44
NOMES CIENTÍFICOS, 46
BIBLIOGRAFIA, 47

CORRUÍRA

PEQUENININHO
E NO JARDIM FAZ NINHO?
MAS COMO
NÃO É UM GNOMO?

CARDEAL-AMARELO

PÁSSARO ENCANTADO,
GANHOU
CANTO PRECIOSO
E CORPO DOURADO.

TICO-TICO-REI

É VERDADE:
QUEM É TICO-TICO-REI
NUNCA PERDE
 A MAJESTADE.

MARIQUITA

TODA AMARELINHA
NO PEITO,
MARIQUITA É BONITINHA
ASSIM, DESSE JEITO.

PINTASSILGO

NEM PRECISA CANTORIA.
O PRÓPRIO NOME
 (PIN-TAS-SIL-GO)
JÁ É MELODIA.

PAPA-PIRI

VOA E ESPALHA
 SUAS CORES,
O PAPA-PIRI.
UM ARCO-ÍRIS SORRI.

ANDORINHA-DO-RIO

O RIO VAI,
 A ANDORINHA VEM,
O RIO SE DIVERTE,
 A ANDORINHA TAMBÉM!

CHORÓ-BOI

TOMOU BANHO NO TORÓ?
DEU NÓ NO CIPÓ?
   FOI, FOI
     O CHORÓ-BOI!

FREIRINHA

POUSADA NA VEGETAÇÃO,
SERENA,
SILENCIOSA,
EM CONSTANTE ORAÇÃO.

JOÃO-PINTO

DE ONDE VEM ESSA COR?
ALGUMA AURORA BOREAL?
OU PÔR DO SOL
DO PANTANAL?

PRÍNCIPE

TODAS AS PASSARINHAS
DA NATUREZA
SONHAM EM SER
SUA PRINCESA.

COLEIRO-DO-BREJO

O DIA SE PREPARA PARA A NOITE,
A VIDA NO BREJO SEGUE À TOA.
COLEIRO ADORMECE NA TABOA.

CAPITÃO-DE-SAÍRA

BÃO, BALALÃO,
SENHOR CAPITÃO,
LIBERDADE NAS ASAS,
A MATA NO CORAÇÃO.

TANGARÁ-RAJADO

LÁ VEM
O TANGARÁ-RAJADO,
     DE BOINA VERMELHA
E PALETÓ LISTRADO.

MIUDINHO

ARBUSTO É MATAGAL.
  TUDO PARA ELE
    É ENORME!
GAROA É TEMPORAL.

CUSPIDOR-DE-MÁSCARA-PRETA

IH! ABRIU O BIQUINHO!
 SERÁ CUSPIDINHA?
UFA! É UM ASSOBIOZINHO.
 UMA MUSIQUINHA!

FORMIGUEIRO-ASSOBIADOR

- FORMIGUEIRO-ASSOBIADOR ESTÁ?
- NÃO, NÃO.
FOI A UM PIQUENIQUE
 COM O TAMANDUÁ.

SAÍRA-LAGARTA

LAGARTINHA, LAGARTÃO,
NENHUMA
    LAGARTA ESCAPA.
QUE PASSARINHO-PAPÃO!

GALITO

EXIBIDO,
    UM SALTIMBANCO.
COLORIDO,
EM PRETO E BRANCO.

PULA-PULA-DE-SOBRANCELHA

UPA-LELÊ!
PULA, PULA, PASSARINHO!
SACI-PERERÊ!

PAPA-MOSCAS-DO-CAMPO

CADA PASSARINHO
TEM SUA FUNÇÃO.
 A DO PAPA-MOSCAS
É DEDETIZAÇÃO.

AZULINHO

– VI, SIM! PASSOU AGORINHA.
 TEM PENAS DE ÁGUA-MARINHA
E ASAS DE SAFIRA.
– MENTIRA!!

JOÃO-DO-ARAGUAIA

JOÃO NÃO DEIXA O ARAGUAIA
NEM QUE O ARAGUAIA VIRE PÓ.
JOÃO E SEU CANTO
DE UMA NOTA SÓ.

BICO-DE-PIMENTA

NA CARA PRETA,
UM BICO VERMELHO,
ARDIDO DE MALAGUETA.

TIÊ-CABURÉ

TIÊ-CABURÉ,
PAPO COR DE DENDÊ.
   SERÁ QUE ELE GOSTA
DE ACARAJÉ?

LAVADEIRA-MASCARADA

NA BEIRA DO LAGO,
RECEBE DO SOL
 LUZ, CALOR, AFAGO.

ARAPAÇU-DO-NORDESTE

SERTÃO E ARAPAÇU:
UM NÃO VIVE
    SEM O OUTRO.
IGUAL CASTANHA E CAJU.

BICO-VIRADO-DA-CAATINGA

O BICO É VIRADO.
SERÁ DO AVESSO
    O SEU TRINADO?

SOLDADINHO-DO-ARARIPE

ESPERANÇOSO, TENAZ,
TODO DE BRANCO,
VESTE O UNIFORME
DA PAZ.

CHOROZINHO-DE-PAPO-PRETO

SE A CAATINGA
  DESARVORA,
CHOROZINHO
  LAMENTA E CHORA.

GRAVATAZEIRO

UMA GRAVATA-BORBOLETA
  O GRAVATAZEIRO ESCOLHEU.
A GRAVATA, ELE VESTIU.
A BORBOLETA,
  ELE COMEU!

UIRAPURU-DE-CHAPÉU-AZUL

UIRAPURU TEM ORGULHO
DE SEU CHAPÉU.
ELEGANTE, AZUL,
DIGNO DE UM MENESTREL.

MARIA-LEQUE

O LEQUE DA MARIA-LEQUE
NÃO FAZ VENTO.
O LEQUE DA MARIA-LEQUE
FAZ ENCANTAMENTO!

LIMPA-FOLHA-DO-BURITI

NASCE, CRESCE, VIVE E MORRE
 ENTRE AS FOLHAS DO BURITI.
PARA ELE,
 A FELICIDADE MORA ALI.

PEDRO-CEROULO

– PEDRO, MEU FILHO,
 VÁ ATÉ O MATO.
TRAGA TRÊS GRÃOS DE MILHO
 E UM CARRAPATO!

CABOCLINHO-LINDO

CABOCLINHO GORJEIA.
ENFEITIÇA
 ATÉ SEREIA.

ASSOBIADOR-DO-CASTANHAL

O SILÊNCIO DA FLORESTA
 CONSTRÓI UM VAZIO.
DE REPENTE,
 PREENCHEDOR,
UM ASSOBIO!

MÃE-DE-TAOCA

OLHA, UMA FORMIGONA!
CORRE ATRÁS DELA,
 (OH!) MÃE COMILONA!

Lalau e Laurabeatriz são apaixonados pelos passarinhos. Por isso, resolveram fazer um livro todinho só para essas criaturas mágicas da natureza. São dezenas de passarinhos que vieram das diferentes regiões do nosso país: mata atlântica, floresta amazônica, cerrado, caatinga, pantanal e pampas. Cada um com sua alma colorida e um poema no bico!

Lalau é paulista, poeta, publicitário, casado e tem um filho.

Laurabeatriz é carioca, artista plástica, ilustradora, tem três netas e três cachorros, Picolino, Dora e Maricota.

Desde 1994, fazem livros para crianças. *Passarinhos do Brasil: poemas que voam* é o sexto título que eles lançam pela Peirópolis.

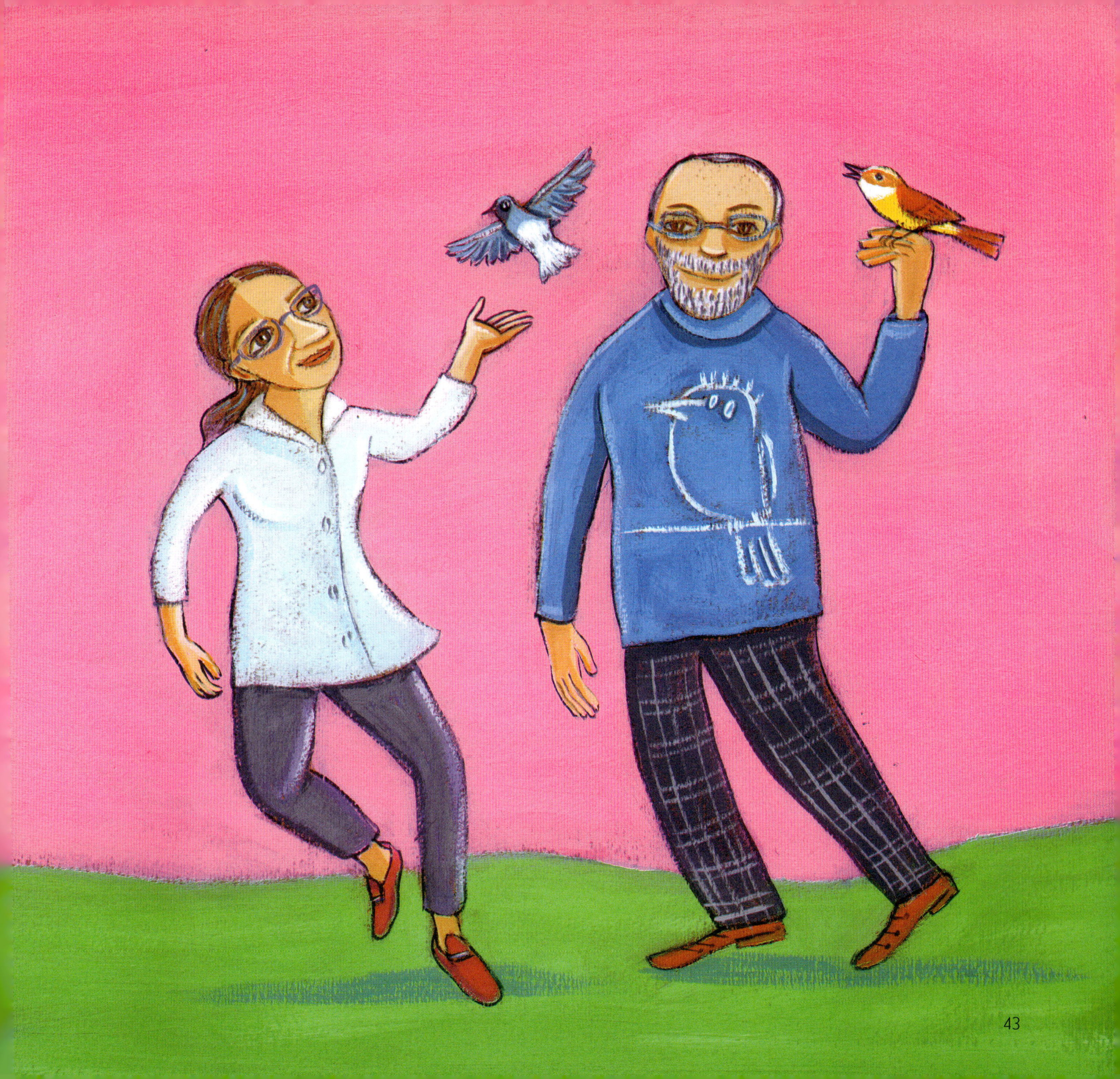

BIOMAS DO BRASIL

PAMPAS

Ocupa o extremo sul do Brasil, estendendo-se por mais de 170 mil km². Em seu clima frio, com temperaturas que, às vezes, ficam abaixo de zero, vivem cerca de 476 espécies de aves.

PANTANAL

É a maior área periodicamente alagável da Terra, com cerca de 140 mil km². Um dos ecossistemas mais ricos do mundo em diversidade de animais, com aproximadamente mil espécies de aves.

MATA ATLÂNTICA

Já ocupou uma faixa do litoral brasileiro, desde o Rio Grande do Norte e Ceará até o Rio Grande do Sul. Abriga perto de 200 espécies de aves endêmicas, sendo que 120 estão ameaçadas de extinção.

CERRADO

É o segundo maior bioma brasileiro, ocupando áreas elevadas do Planalto Central. Podem ser encontradas cerca de 935 espécies de aves, sendo que 148 são endêmicas.

CAATINGA

Com aproximadamente 840 mil km², cobre cerca de 10% do território nacional e ocorre no interior do Nordeste. É o mais degradado bioma brasileiro, e possui mais de 340 espécies de aves.

AMAZÔNIA

Corresponde a um terço das florestas tropicais do mundo, e é a maior área selvagem tropical do planeta. Possui pelo menos mil espécies diferentes de aves já catalogadas.

NOMES CIENTÍFICOS

PAMPA
1 - SAÍRA-VIÚVA *Pipraeidea melanonota*
2 - CORRUÍRA *Troglodytes musculus*
3 - CARDEAL-AMARELO *Gubernatrix cristata*
4 - TICO-TICO-REI *Lanio cucullatus*
5 - MARIQUITA *Parula pitiayumi*
6 - PINTASSILGO *Sporagra magellanica*
7 - PAPA-PIRI *Tachuris rubrigastra*

PANTANAL
1 - ANDORINHA-DO-RIO *Tachycineta albiventer*
2 - CHORÓ-BOI *Taraba major*
3 - FREIRINHA *Arundinicola leucocephala*
4 - JOÃO-PINTO *Icterus croconotus*
5 - PRÍNCIPE *Pyrocephalus rubinus*
6 - COLEIRO-DO-BREJO *Sporophila collaris*
7 - GARRINCHA-DO-OESTE *Cantorchilus guarayanus*

MATA ATLÂNTICA
1 - SANHAÇO-DE-ENCONTRO-AZUL *Thraupis cyanoptera*
2 - CAPITÃO-DE-SAÍRA *Attila rufus*
3 - TANGARÁ-RAJADO *Machaeropterus regulus*
4 - MIUDINHO *Myiornis auricularis*
5 - CUSPIDOR-DE-MÁSCARA-PRETA *Conopophaga melanops*
6 - FORMIGUEIRO-ASSOBIADOR *Myrmeciza loricata*
7 - SAÍRA-DA-MATA *Hemithraupis ruficapilla*

CERRADO
1 - GALITO *Alectrurus tricolor*
2 - PULA-PULA-DE-SOBRANCELHA *Basileuterus leucophrys*
3 - PAPA-MOSCAS-DO-CAMPO *Culicivora caudacuta*
4 - AZULINHO OU CAMPAINHA-AZUL *Porphyrospiza caerulescens*
5 - ANDARILHO *Geositta poeciloptera*
6 - JOÃO-DO-ARAGUAIA *Synallaxis simoni*
7 - BICO-DE-PIMENTA *Saltator atricollis*

CAATINGA
1 - TIÊ-CABURÉ *Compsothraupis loricata*
2 - LAVADEIRA-MASCARADA *Fluvicola nengeta*
3 - ARAPAÇU-DO-NORDESTE *Xiphocolaptes falcirostris*
4 - BICO-VIRADO-DA-CAATINGA *Megaxenops parnaguae*
5 - SOLDADINHO-DO-ARARIPE *Antilophia bokermanni*
6 - CHOROZINHO-DE-PAPO-PRETO *Herpsilochmus pectoralis*
7 - GRAVATAZEIRO *Rhopornis ardesiacus*

AMAZÔNIA
1 - UIRAPURU-DE-CHAPÉU-AZUL *Lepidothrix coronata*
2 - MARIA-LEQUE *Onychorhynchus coronatus*
3 - LIMPA-FOLHA-DO-BURITI *Berlepschia rikeri*
4 - PEDRO-CEROULO *Sturnella magna*
5 - CABOCLINHO-LINDO *Sporophila minuta*
6 - ASSOBIADOR-DO-CASTANHAL *Vireolanius leucotis*
7 - MÃE-DE-TAOCA *Phlegopsis nigromaculata*

BIBLIOGRAFIA

www.wikiaves.com.br

www.pt.wikipedia.org

Revista Terra da Gente

Ornitologia Brasileira – Helmut Sick

Maravilhas do Brasil – Fábio Colombini

Magia do Cerrado – Robson Silva e Silva

Serra da Canastra – Lester Scalon

Serra da Canastra – Robson Silva e Silva e Luis Fabio Silveira

Aves do Pantanal – Edson Endrigo

Aves da Caatinga – Edson Endrigo

Aves da Amazônia – Edson Endrigo

Aves da Mata Atlântica – Edson Endrigo

Aves do Cerrado – Edson Endrigo

Aves do Pampa – Edson Endrigo

Caatinga – Edições Alumbramento

Floresta Atlântica – Edições Alumbramento

LIVRO VERDE

Este livro é verde porque foi impresso em papel certificado pelo Conselho Brasileiro de Manejo Florestal (FSC), em gráfica que faz parte da sua cadeia de custódia.

O QUE É O SELO VERDE?
Selo verde é uma certificação concedida pelo FSC – Forest Stewardship Council (Conselho de Manejo Florestal) – que dá a melhor garantia disponível de que a atividade madeireira para a produção do papel em que os livros são impressos ocorre de maneira legal e não acarreta a destruição das florestas primárias, como a Amazônia.